Je balayerai la terre

Susie Morgenstern
Chen Jiang Hong

SALTIMBANQUE
ÉDITIONS

Elle ne dit pas « Au secours ! »
Elle te fait confiance.
Elle te dit juste « Bonjour »
Elle compte sur ton bon sens.

Elle ne dit pas « Catastrophe ! »
Elle croit aux enfants.
C'est une belle philosophe
Notre maison Terre.

Je porte dans mes bras notre grand ballon
Cette Terre que fièrement nous habitons.

Je la tiens comme un bébé que je berce
Avec toute la tendresse que je lui verse.

Ma belle, tu souffres, tu es blessée.
On va tous ensemble te remettre sur pied.

Je ramasse des saletés sous ma semelle
Et j'en fais cadeau à la poubelle.

Et si on recyclait
Les feuilles de papier déchirées et froissées ?

Je réfléchis bien avant d'acheter
Je préfère plutôt tout réparer.

Ou trouver l'objet de seconde main.

Consommer moins est le bon chemin.

J'écris sur les deux côtés du papier
Et remplis bien mes cahiers.

Essayons d'éviter le gaspillage
Le monde après tout est notre village.

À la place d’une bouteille en plastique
Je choisis une belle gourde métallique.

Aujourd’hui, on va tout ranger
Tout trier et tout récupérer.

Pas besoin d'être un sorcier
Pour éteindre la lumière.

Je laisse briller à l'intérieur
Tout ce que je prends de l'extérieur.

Je fais vivre mes muscles en vélo
Je roule, je roule sur la Terre…

L’effort est bon et puis repos.

Je plante un bébé arbre
Pour donner de l'ombre en été.

Et puis je sème des graines
Je serai leur parrain.

Et les animaux, n'est-il pas mieux de les aimer
Plutôt que de les manger ?

La mer est si bleue, si riche en poissons.

Ô Terre, ma chérie, tu nous donnes tant
On doit te remercier à chaque instant.

Des pommes de terre et des aubergines
Et tout ce qui pousse dans ta géante cuisine.

Mais aussi des amandes et des cerises
Quantité de gourmandises.

Montrons notre gratitude
En changeant nos habitudes.

Ce n’est pas simple quand même
De dire librement « Je t’aime ! »

Vive la Liberté

Es-tu, comme moi, décidé
À aider la Terre, la délivrer ?

Il y a beaucoup à dire et beaucoup à faire
Pour notre grande chérie la Terre.

Mais avant cela (je commence à comprendre)
N'est-ce pas qu'il faudrait que je range ma chambre ?